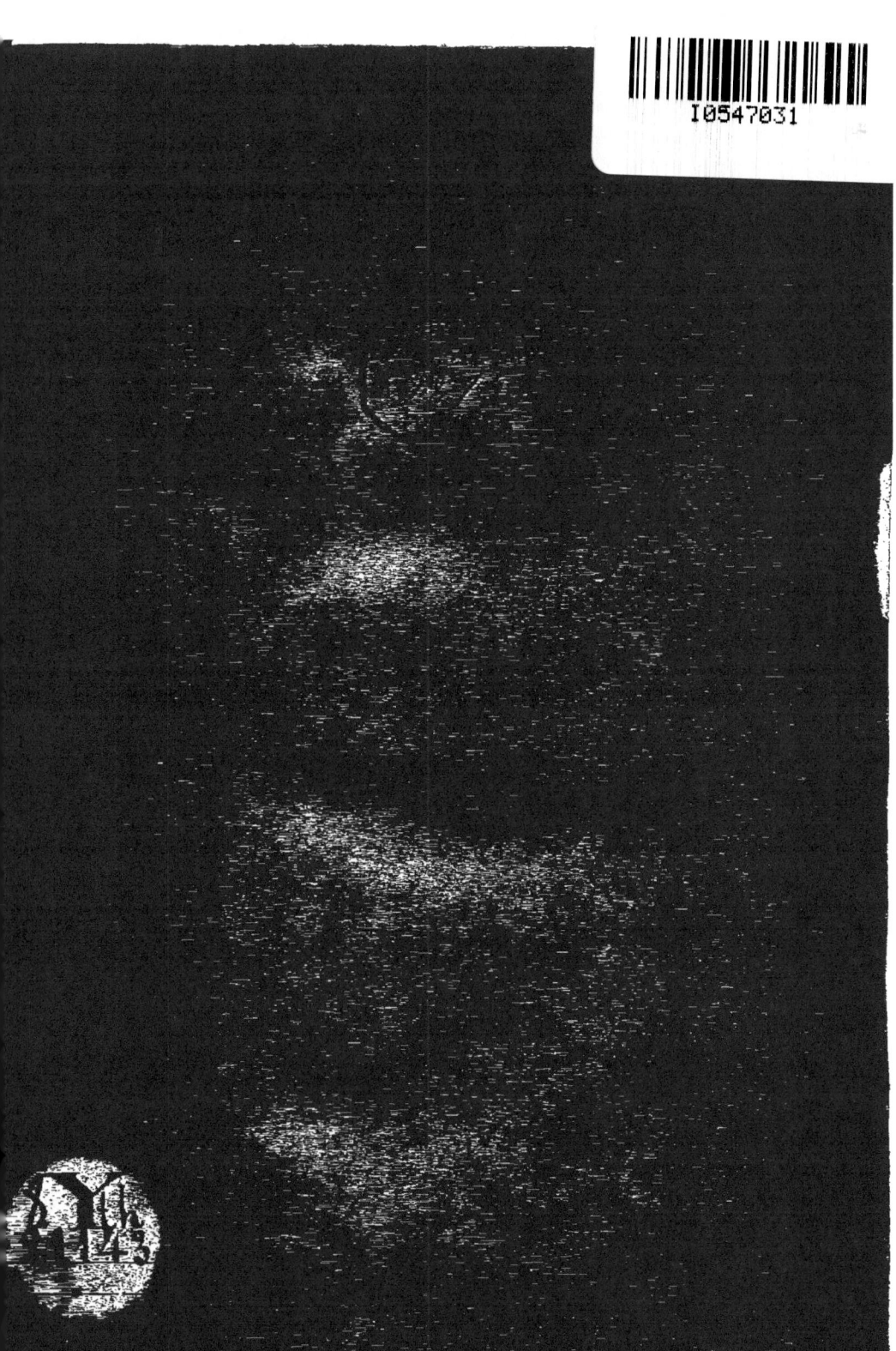

MATHIAS CORVIN

OPÉRA-COMIQUE EN UN ACTE

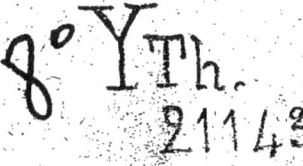

IMPRIMERIE GÉNÉRALE DE CHATILLON-S-SEINE. — A. PICHAT

MATHIAS CORVIN

OPÉRA-COMIQUE EN UN ACTE

PAROLES DE

MM. PAUL MILLIET & JULES LEVALLOIS

MUSIQUE DE

M. A. DE BERTHA

PARIS

TRESSE, ÉDITEUR

GALERIE DU THÉATRE-FRANÇAIS

PALAIS-ROYAL

—

1883

PERSONNAGES

ZACCHI, maître de musique.	MM.	BELHOMME.
RIDOLFO, son élève		MOULIÉRAT.
MATHIAS CORVIN, roi de Hongrie (De 1358 à 1490).		MARIS
AMADÉ, magnat de Hongrie.		TROY.
ILONA, fille de Zacchi.	Mlles	E. DUPONT.
LISBETH		VIDAL.

ÉLÈVES DE ZACCHI . . . .
SERVITEURS D'AMADÉ. . . . .

———

La scène est en Hongrie dans une campagne aux environs de Buda-Pesth.

MATHIAS CORVIN

Un jardin, semé de bouquets d'arbres. — A gauche, un pavillon rustique. — Au lever du rideau, de jeunes garçons, élèves de Zacchi, attachent aux murs du pavillon des guirlandes fleuries.

SCÈNE PREMIÈRE

ÉLÈVES DE ZACCHI, à droite, ILONA, LISBETH, à gauche.

CHŒUR DES ÉLÈVES, ad libitum.

Pour notre vieux maître
Quel immense honneur!
Sous son toit champêtre
Vient un grand seigneur,
Ilona sera l'hôtesse,
Et nous verrons, à côté
De la fleur de noblesse,
Une fleur de beauté!

LISBETH.

Merci, mes bons amis. Mais, voyez! vos paroles
Ont au front d'Ilona fait monter la rougeur.

ILONA, à Lisbeth.

Oh! par pitié pour moi, gronde ces têtes folles :
J'ai peine à supporter ce langage flatteur.

LISBETH.

Calme-toi, mon enfant.

Aux élèves.

Et vous, quand je commande,
Il faut obéir vite et ne pas murmurer.
Çà, que chacun de vous achève la guirlande
Au mur de la maison qui lui reste à parer.

LES ÉLÈVES.

C'est bon, on obéit, ô servante maîtresse !
Puisqu'il faut qu'à vous plaire, ici chacun s'empresse.

REPRISE DU CHŒUR.

Les élèves s'éloignent *.

---

* VERSION SANS CHŒURS.

Au lever du rideau, Ilona est assise à gauche. -- Elle tresse une
guirlande de fleurs, quelques élèves de Zacchi achèvent au fond
l'ornementation de la maison.

SCÈNE II. — LISBETH, ILONA.

LISBETH, entrant.

Des fleurs dans la maison ! des fleurs dehors ! Partout
enfin, et pourquoi, je vous le demande? (Les élèves s'éloignent.) Belle besogne, ma foi, pour des apprentis musiciens !
(Descendant.) Ah ! maître Zacchi, décidément vous êtes fou à
lier ! (Elle aperçoit Ilona, court à elle, et lui prend les mains avec
effusion.) Chère enfant, tu es triste.

SCÈNE II

ILONA, LISBETH.

LISBETH, lui prenant les mains avec effusion. *

Chère enfant, tu es triste?

ILONA.

Mais non, Lisbeth.

LISBETH.

Pas d'arrière-pensée avec moi! Il faut que tu m'ouvres
ton cœur... Aie confiance dans ta Lisbeth.

ILONA, avec élan.

Oh! j'ai confiance en toi, ma bonne Lisbeth. Je sais
combien tu m'aimes, et tu n'as pas affaire à une in-
grate.

LISBETH.

Bon! il s'agit bien de cela! C'est ce grand seigneur qui
te fait peur?

ILONA.

Oui, un peu.

LISBETH.

J'en étais sûre.

ILONA, vivement.

N'en dis rien à personne, au moins.

LISBETH.

Sois tranquille. J'avais remarqué que tu étais toute

* Ilona, Lisbeth.

changée depuis quelque temps, depuis que le magnat
nous a annoncé son arrivée. Tu as tort de te faire du
chagrin si longtemps à l'avance. Cette visite-là, vois-tu,
est un grand honneur pour Zacchi, un simple maître de
chant; et ce qui attire ici le magnat Amadé, c'est peut-
être le seul plaisir d'entendre de la musique.

ILONA.

O Lisbeth, mon père lui prête d'autres intentions.

LISBETH.

Parce que ton père est ambitieux. Il l'est pour toi, plus
encore que pour lui-même... C'est son excuse... Ta mère
faisait bien d'autres rêves pour son Ilona!

ILONA.

Ma mère?

LISBETH.

Elle espérait te fiancer au jeune Emmerich...

ILONA.

Le fils du comte Jean qui délivra le roi?

LISBETH.

Oui. Le comte avait délivré d'une façon tout à fait ex-
traordinaire notre roi emprisonné. Il avait apprivoisé un
corbeau qui porta, sous son aile, à Mathias Corvin, un
merveilleux plan d'évasion. Ce haut fait devait assurer
la fortune d'Emmerich.

ILONA.

Malheureusement, peu de temps après la délivrance du
roi, la famille d'Emmerich disparut...

LISBETH.

Adieu aux projets de ta mère.

ILONA, d'un air délibéré.

Mon Dieu! Lisbeth, ce qui est passé, est passé, va!

LISBETH.

Voyez-vous, la petite raisonneuse! Cette philosophie-là me prouve que tu n'en es pas fâchée?

ILONA.

Pourquoi regretterais-je un rêve à peine entrevu?

ROMANCE.

Aux jours heureux de mon enfance
Mon cœur, sans croire s'abuser,
Attendait avec confiance
Un cœur qui sût l'aimer;
A cet âge, tout se colore
Au gré d'un esprit ingénu :
J'attendais et j'attends encore,
Ce cœur n'est pas venu.

LISBETH, souriant.

J'ai bien de la peine à croire cela.

ILONA.

II

L'espoir renaît en mon âme ravie,
Et de mon cœur s'est emparé l'amour,
Oui, désormais, plus de mélancolie :
Le passé tout entier disparaît sans retour.
Une voix me parle, invisible et chère,
Et j'écoute cet inconnu
Me dire : « Enfant, espère!
Le cœur qui doit te comprendre, est venu. »

LISBETH, riant.

Oui. Et cette voix invisible et chère, c'est celle de Ridolfo?

ILONA, avec importance.

Le meilleur élève de mon père, Lisbeth : c'est un titre, cela.

LISBETH.

Auprès de ceux qui aiment la musique.

ILONA.

Il a bonne tournure.

LISBETH.

Et mauvaise fortune.

ILONA.

Pour moi, je ne serais pas étonnée que le mystère de sa naissance ne cachât une origine peu commune.

LISBETH.

Cela se peut. (Avec une émotion affectée.) Mais s'inquiète-t-on de l'origine quand on aime?

ILONA.

Tu te moques?

LISBETH.

Dieu m'en garde! Et comment se moquer d'un visage aussi mélancolique que celui de Ridolfo. Hier, quand Zacchi a parlé du magnat Amadé, ton amoureux ne s'est-il pas enfui, les yeux pleins de larmes?

ILONA.

Mon amoureux? — Dis : mon mari, Lisbeth. Oui, cela dépend de toi! Mon père t'écoute volontiers. Intercède pour nous, je t'en supplie!

LISBETH, se défendant.

Mon Dieu! je ne dis pas non. Mais Ridolfo est pauvre, obscur. Le consentement de maître Zacchi sera difficile à emporter.

ILONA.

Oh! si tu t'en mêles!... Tu es si adroite!

LISBETH.

Petite flatteuse !... Eh bien ! j'essaierai.

ILONA.

Ah ! que je t'aimerai !

LISBETH.

Chut ! ton père !

Elles s'écartent toutes deux.

SCÈNE III

LES MÊMES, ZACCHI, puis L'INCONNU et LES ÉLÈVES.

ZACCHI, entrant tout joyeux avec une dame-jeanne enguirlandée sous chaque bras.

La maison a bon aspect de la sorte. — Amadé sera ébloui. (Aux élèves, leur donnant des dames-jeannes.) Là, prenez ceci avec soin : c'est pour le souper du magnat... Un vin généreux qui le mettra dans les meilleures dispositions du monde... Ah ! c'est que le vin, mes enfants, le vin ! vous ne savez pas, — je l'espère, du moins, — tout ce dont il est capable.

CHANSON A BOIRE.

Mes amis, des esprits moroses
Ont dit que la vie est un mal.
C'est qu'ils n'ont vu dans toutes choses
Que le côté triste et fatal.
Nature qui nous vient en aide
Et qui ne produit rien en vain
Près du mal a mis le remède,
Et ce remède, c'est le vin !

Si la vie
Est une maladie,
Il n'est point de maux ici-bas
Que ne brave jusqu'au trépas
Ce gai remède,
Auquel tout cède.
Fuyez donc, tristesse et chagrin,
Disparaissez, voici le vin !

Il aperçoit les deux femmes, les appelle et les prend gaîment par le bras.

Bonjour, Ilona. Bonjour, Lisbeth. Venez ici toutes deux *.

II

Par un grain de mélancolie,
Votre cœur est-il attristé ?
Buvez un doigt de malvoisie,
Vous retrouverez la gaîté.
Vengeur d'une suprême offense
Pour tenir tête à l'univers,
Sablez-moi les bons vins de France :
Vos yeux se rempliront d'éclairs !
Si la vie
Est une maladie.
Etc.

(Avec satisfaction.) Ah ! c'est une belle journée qui se prépare pour moi. Vous doutez-vous un peu de la surprise que je vous ménage ?

LISBETH.

Je me méfie toujours de vos surprises.

ZACCHI.

Parbleu ! j'aurais été fort étonné si vous ne m'aviez pas répondu quelque chose de désagréable. La peste de ces

---

* Ilona, Zacchi, Lisbeth.

autocrates en jupons! Enfin, ce n'est certainement pas aujourd'hui que je me mettrai en colère : je suis tout à l'espérance et au bonheur. (A Ilona.) Va! petite, nous te marierons bientôt.

LISBETH.

La marierez-vous selon son cœur?

ZACCHI.

Ceci me regarde.

LISBETH.

Non. C'est elle que cela regarde.

ZACCHI, sans écouter Lisbeth.

Et que d'honneurs pour moi! quel éclat rejaillira sur Zacchi, le vieux maître de musique. Mathias Corvin, notre roi, mon seigneur et mon maître, m'honore déjà de son estime. Que sera-ce quand...

LISBETH, l'interrompant.

L'égoïste!

ZACCHI.

Egoïste, moi, c'en est trop!...

Au moment où il se tourne furieux vers Lisbeth, un grand bruit se fait entendre. Un inconnu vêtu d'une robe de bure et dont la démarche rapide fait un peu contraste avec son âge, pénètre dans le jardin malgré les élèves de Zacchi.

L'INCONNU.

Holà!... Je veux entrer. Je veux parler à maître Zacchi.

ZACCHI.

Brave homme, vous pourriez dire : je désire. Maître Zacchi, c'est moi.

L'INCONNU, à Zacchi.

Eloignez tout le monde. Je viens de la part de Mathias Corvin.

1.

LISBETH.

Dieu me pardonne; mais, il donne des ordres, celui-là.

ZACCHI.

De la part de Mathias Corvin? Paix, Lisbeth! Laissez-nous.

> Il congédie Lisbeth et Ilona qui s'éloignent dans les allées du jardin.

SCÈNE IV

L'INCONNU, ZACCHI *.

L'INCONNU, à part.

Cet air de fête! Amadé doit arriver aujourd'hui; et l'accueil qu'on lui prépare me prouve l'importance que ce traître sait se donner partout. On ne m'avait rien exagéré jusqu'à présent. (Haut, à Zacchi.) J'admire ces guirlandes et ces fleurs, maître Zacchi, tout cela est de fort bon goût. — Mais, je trouve que c'est bien de la joie pour une maison où l'on conspire contre le roi.

ZACCHI, épouvanté.

On conspire? On conspire ici! Miséricorde! On conspire chez moi, le plus dévoué serviteur du roi? Que me veut ce prophète de malheur?

L'INCONNU.

Je suis le meilleur ami de Mathias Corvin, — je pourrais dire son seul ami, — et quand j'ai su, par lui, qu'un complot se tramait chez vous contre son pouvoir, je me suis offert pour venir vous donner un conseil salutaire.

> * Zacchi, l'Inconnu.

ZACCHI.

Comment le roi qui m'a honoré de sa faveur, me soup-
çonne-t-il d'une monstrueuse ingratitude?

L'INCONNU.

Le roi a été si cruellement éprouvé qu'il a le droit de
ne pas se fier aux apparences. — D'ailleurs, ce n'est pas
vous, personnellement, qu'on accuse, ce sont vos amis,
— vos hôtes...

ZACCHI.

Je réponds d'eux! Le magnat Amadé...

L'INCONNU.

Il vous laisse espérer qu'il deviendra votre gendre.

ZACCHI, étonné.

D'où savez-vous cela? Après tout, quel mal y voyez-
vous? Oui, le magnat Amadé deviendra mon gendre, je
l'espère et je m'en glorifie! c'est même en cet honneur
que la maison est ainsi joyeuse. — Quant à mes élèves...

L'INCONNU, sévèrement.

Amadé est un ambitieux. Quant à vos élèves, pouvez-
vous répondre de jeunes cerveaux exaltés comme ceux
de vos Vénitiens? L'un d'eux a été signalé au roi : il af-
fecte des allures mystérieuses. Il cache sa naissance et son
nom.

ZACCHI.

Ridolfo? C'est de Ridolfo que vous voulez parler?...
Celui-là, je défends qu'on l'accuse! Un pauvre orphelin
que j'ai recueilli et qui n'en sait pas plus long sur sa famille que vous et moi : Le beau mystère! Ridolfo, conspirer! Vous plaisantez. Contre mes oreilles, peut-être! Et
encore! Il y a trois ans, au commencement de ses études,
— aujourd'hui, c'est mon meilleur élève, voulez-vous
l'entendre?... Je vais...

L'INCONNU, se radoucissant et souriant.

Une autre fois... avec grand plaisir. J'adore la musique autant que le roi lui-même. Il se peut qu'on ait fait à Mathias Corvin de faux rapports, mais vous êtes Vénitien, il est tout naturel que vous accueilliez bien vos compatriotes, et que vous oubliiez que nous allons être en guerre avec votre patrie. Qui me dit que — sans l'avoir voulu — vous n'avez pas introduit le loup dans la bergerie?

ZACCHI.

Comment, un loup?... Je vous répète que c'est un rossignol. (On entend le refrain de la Ballade.) C'est lui, précisément... Si vous êtes amateur? Piano, animal!...

L'INCONNU, avec une émotion subite.

Maître Zacchi, quel est ce refrain?

ZACCHI.

C'est celui d'un air que Ridolfo seul connaît. Le pauvre garçon croit même que c'est un talisman.

L'INCONNU.

Peut-être en est-ce un, en effet... Et vous ne savez pas comment, et de qui ce jeune homme a appris cet air?

ZACCHI.

Non. Tout ce que je puis vous affirmer, c'est que ce n'est pas de moi... ni de personne d'ici.

L'INCONNU, à part.

O souvenir d'une délivrance mystérieuse!... Je suis venu pour punir des coupables... si je retrouvais le fils bien-aimé de mon libérateur, ce fils que je cherche vainement depuis si longtemps! (A Zacchi.) Ecoutez, Zacchi, ne vous désolez pas, il y a un moyen de tout arranger.

ZACCHI, vivement.

Vraiment?... Il faut s'en tenir à ce moyen-là : c'est le bon. Je m'en rapporte à vous, du reste. Vous avez l'air d'un brave homme, sauvez-moi!

L'INCONNU.

Retournez à vos leçons. Je me charge de tout éclaircir. Et pour cela, je commence par m'installer ici.

ZACCHI, avec une frayeur comique *.

Ici!

L'INCONNU.

Sans doute, ici. Vous n'y consentez pas?

ZACCHI.

Si fait, j'y consens, moi, mais...

L'INCONNU.

Mais, quoi?

ZACCHI.

C'est Lisbeth qui...

L'INCONNU.

Ah! dame Lisbeth, une servante-maîtresse. Le roi m'en a parlé.

ZACCHI.

Comment, Mathias Corvin vous a parlé de Lisbeth?... O l'excellent roi! Mais, alors, il a dû vous dire que ma ménagère a le caractère difficile?...

L'INCONNU.

Il me l'a dit, en effet...

ZACCHI.

Et quand elle apprendra...

* L'Inconnu, Zacchi.

L'INCONNU.

Que je m'installe dans sa maison ? Il faudra bien qu'elle
en passe par là. Ne s'agit-il pas de la vie de son maître ?

ZACCHI.

Je ne suis pas bien sûr qu'elle n'en fasse bon marché,
quand la vie de son maître entre dans la balance avec sa
tranquillité.

L'INCONNU.

Soit, consultez-la ; je serais désolé de la contrarier ;
mais, annoncez-lui que refuser ce que je demande, c'est
encourir la colère du roi !

> L'Inconnu entre dans la maison au moment où Lisbeth reparaît
> avec Ilona.

SCÈNE V

LISBETH, ILONA, ZACCHI.

LISBETH.

Eh bien !... En avez-vous fini avec votre trouble-fête ?

ZACCHI *.

Ilona ! Lisbeth !

LISBETH.

Qu'y a-t-il ?

ILONA.

Qu'avez-vous, mon père ?

* Ilona, Zacchi, Lisbeth.

ZACCHI.

Ce qu'il y a?... Ce que j'ai?... Frissonnez toutes les deux; oui, frissonnez!... Frissonne, Lisbeth!

LISBETH.

Je frissonne, monsieur. Après?

ZACCHI.

C'est épouvantable!... inimaginable!... Enfin, vous me connaissez, vous savez que je suis doux, tranquille, bon et pacifique, n'est-ce pas?... Voyons! Répondez?... (Eploré.) Est-ce que par hasard, vous ne me trouveriez pas l'air bon?

LISBETH.

Mais si, mais si!... Après?

ILONA.

Mon père, mettez-nous au courant de ce qui se passe!

ZACCHI.

Au courant?... Je suis un homme mort, tout simplement. Moi, le professeur de musique, Zacchi... que chacun aime et respecte, d'ici à Bude et au delà!... moi qui m'efforce partout et toujours à répandre le goût de l'harmonie, on m'accuse...

LISBETH.

De quoi vous accuse-t-on?

ZACCHI.

On m'accuse de conspirer contre le roi.

ILONA.

Oh! mon Dieu!

LISBETH.

Vous?

ZACCHI.

Moi! Et l'on me soupçonne de fomenter une révolution.

LISBETH.

Vous?... Ceux qui répandent ce bruit-là ne vous ont donc jamais vu?

ZACCHI, se redressant.

Hein?

LISBETH.

Avec cette figure-là, est-ce qu'on est capable de conspirer?

ZACCHI.

Permettez, Lisbeth. Ma figure n'a rien à faire là-dedans, et je ne vois pas ce qui me manque pour être un révolutionnaire convenable.

LISBETH.

Après tout, aux capacités que cet emploi-là réclame, vous êtes de force, aussi bien qu'un autre, à bouleverser la contrée!

ILONA.

Lisbeth!

ZACCHI.

Continuez! (A Ilona.) Tu vois! Elle insulte ton père! Elle insulte ton malheureux père!... Oh! une journée qui commençait si bien!

Il remonte désolé.

ILONA, bas, à Lisbeth *.

Est-ce ainsi que tu arranges nos affaires?

* Zacchi, Ilona, Lisbeth.

LISBETH.

Occupez-vous donc de votre ménage et casez votre fille,
au lieu de vous mettre martel en tête comme cela. Chas-
sez-moi sur l'heure cet importun; ôtez vos guirlandes et
dites à votre Amadé de repasser l'an prochain!

Ilona disparaît dans la maison.

DUO BOUFFE.

LISBETH.

Vous êtes fou, monsieur, de laisser envahir
Et de mettre, à plaisir, la maison au pillage!
Je n'y peux plus tenir de rage,
Mon sang s'échauffe et va bouillir.

ZACCHI, rattrapant Lisbeth et la forçant à rester auprès de lui.

Mais la folle, c'est toi! Penses-tu m'abuser?
Tu me pousses à bout avec tes réticences;
Dis-moi tout franc ce que tu penses,
Est-ce aussi Ridolfo que tu veux accuser.

LISBETH.

Cet homme au manteau sombre est un causeur habile;
Mais il se rit de vous ainsi que du magnat;
Et vous assistez, immobile,
A quelque noir complot tramé contre l'Etat.

ZACCHI, inquiet.

Que pensera de moi, que dira de l'école
Notre protecteur le magnat?
Quoi, j'abrite une tête folle
Qui songe à renverser l'Etat!

ENSEMBLE *.

LISBETH.

On conspire en votre maison,
C'est vrai, le danger est extrême,

* Lisbeth, Zacchi.

Et puisqu'ici je dois moi-même
Guider votre pauvre raison :
Surveillez donc votre famille,
Cherchez, observez prudemment,
Occupez-vous de votre fille,
Moquez-vous du gouvernement.

ZACCHI.

On conspire en cette maison,
Morbleu ! le danger est extrême.
Ah ! ce serait envers moi-même
Que se commet la trahison !
Mais je suis père de famille
Et je crois faire sagement
De ne plus songer qu'à ma fille
Sans souci du gouvernement !

ZACCHI.

Pourtant, Lisbeth... c'est grave.

LISBETH.

Encore ! Tenez, j'aime mieux quitter la place que
d'entendre vos sornettes. On accuse monsieur ! Et de
quoi, de fomenter une révolution avec son archet.

Elle sort en riant par le fond.

ZACCHI, suffoquant de colère.

L'impertinente... l'impertinente !... Ilona ! Viens, ici,
Ilona !

ILONA, accourant *.

Mon père?

ZACCHI, avec importance.

Tu m'écouteras, toi, et tu me plaindras. Je suis, mon
enfant, sous le coup d'une dénonciation anonyme ! Je
suis étranger, ma pauvre enfant, il n'en faut pas davan-
tage.

* Ilona, Zacchi.

ILONA.

Mais le roi vous aime ; il vous protègera.

ZACCHI.

Le roi ! le roi ! le roi est un guerrier du plus grand gé-
nie, — ce qui n'empêche pas que tous les pays qu'il a sou-
mis regrettent leur indépendance. D'ailleurs, il est bien
loin, le roi ! Il doit être au fond de la Lusace à l'heure
qu'il est... Aussi ai-je pensé à une protection plus immé-
diate.

ILONA.

Ah !

ZACCHI, prenant la tête d'Ilona avec affection.

Oui, si tu aimes ton père, si tu ne tiens pas à le voir
souffrir misérablement au fond d'un cachot...

ILONA.

Que ferai-je ? Parlez, parlez vite !

ZACCHI.

Tu recevras dignement le magnat Amadé, ce puissant
du jour, qui daigne nous rendre visite.

ILONA, avec douleur.

Ah !

A ce moment, on entend une petite marche dont les accords se
rapprochent rapidement.

ZACCHI.

Eh mais, écoute : ce doit être lui ! Le voilà, ce puissant
du jour. (Appelant.) Ridolfo ! Ridolfo ! Je perds la tête ! Une
si belle journée ! Ridolfo ! Où est-il encore, cet animal de
Ridolfo. Je lui avais pourtant bien recommandé de réunir
les élèves et de préparer une brillante réception à notre
hôte.

SCÈNE VI

LES MÊMES, RIDOLFO, LES ÉLÈVES, puis AMADÉ
et SA SUITE, et LISBETH.

RIDOLFO, il sort de la maison, et court vers Ilona *.

Chère Ilona, il se trame quelque chose d'horrible contre
moi. J'avais juré de ne point reparaître devant vos yeux,
mais je n'ai pas résisté au désir de vous revoir... et d'être
là à l'arrivée de cet homme.

ILONA, douloureusement.

Prenez garde, Ridolfo, on nous observe.

RIDOLFO.

Jurez-moi que vous ne serez jamais au magnat Amadé!

ILONA.

Ni à lui, ni à d'autres.

RIDOLFO.

Ah! vous êtes cruelle.

ILONA.

Vous n'êtes pas satisfait?

Le magnat Amadé paraît. — Ridolfo se perd dans le groupe des
élèves.

MARCHE.

SUITE D'AMADÉ.

Salut aux hôtes aimables
D'Amadé, notre seigneur!

* Ridolfo, Ilona.

LES ÉLÈVES.

Asseyez-vous à nos tables,
Buvons tous en son honneur!

ENSEMBLE.

Ce siège orné de feuillage
Est le siège du magnat!
Au maître rendons hommage
Et crions cent fois vivat!

Les élèves de Zacchi et les serviteurs d'Amadé se mêlent et restent au fond. Lisbeth va et vient s'occupant du service. Ridolfo se tient à l'écart.

AMADÉ *.

Merci, mes amis! Je suis ému et ravi. Vos élèves sont charmants. Quel est donc, parmi eux, ce beau fils qui a des airs si navrés?

ZACCHI.

Votre Seigneurie ne le reconnaît pas? C'est le jeune pâtre qu'elle a daigné m'amener, voici trois ans.

AMADÉ.

Oui, oui, je me souviens. Il avait une voix superbe. Je suis bien aise de le retrouver chez vous. (A part.) L'heureuse rencontre! Voilà un jeune homme qui peut m'être fort utile.

ZACCHI.

C'est mon meilleur élève, la future gloire de mon école!

AMADÉ, à Ridolfo.

En vérité? Viens ici, mon garçon, et montre-moi tes talents.

RIDOLFO, saluant avec une répugnance visible.

Excusez-moi, Seigneur! Je ne...

* Lisbeth, au fond. Ilona, Amadé, Zacchi, Ridolfo.

ZACCHI, inquiet.

La timidité, seigneur!

AMADÉ, à part.

Heu! (En se tournant vers Ilona dont il a surpris un geste d'intelligence avec Ridolfo.) Mais si notre belle hôtesse le demandait...

ILONA, à part.

Quel supplice! (Haut.) Excusez-moi, je ne...

ZACCHI, à Amadé.

La timidité, seigneur, la timidité!

AMADÉ, à part, regardant tour à tour Ilona et Ridolfo.

Ouais!... Elle aussi?... Trop de timidité dans cette maison... Trop de timidité!

ZACCHI, très humble.

Je vous fais toutes leurs excuses et les miennes. C'est moi, si vous le permettez, qui vous chanterai...

AMADÉ, sèchement.

Non.

ZACCHI, désappointé et piqué.

Ah? mais...

AMADÉ.

Non. Un peu de repos est maintenant ce que je désire, et je vous laisse le soin de me le faire goûter. En attendant, je garde auprès de moi Ridolfo. Dame, je n'ai pas revu depuis trois ans mon cher protégé. Eh, eh! vous vous souvenez, Zacchi? Il y a trois ans, quand je vous amenai ce jeune homme? Je vous dis : « Faites-en un artiste, je me chargerai de son avenir! » Je prétends, aujourd'hui encore, faire le bonheur de ce beau garçon.

Les élèves sortent avec la suite d'Amadé. Zacchi, après de grandes salutations, entraîne Ilona et dit à Lisbeth.

ZACCHI.

Allons, viens, Lisbeth, viens préparer la chambre de notre hôte ! Est-il heureux, ce gredin de Ridolfo, d'être protégé par le seigneur Amadé !

SCÈNE VII

AMADÉ, RIDOLFO *.

AMADÉ, à part.

Hum!... Je flaire un rival dans ce Ridolfo. Il s'agit de tirer parti de la situation. S'il veut servir mes projets, je lui laisse Ilona. S'il refuse, je le perds, et je lui prends sa fiancée. (Il s'assied à gauche.) Ridolfo?

RIDOLFO, avec hauteur.

Que me veut Votre Seigneurie?

AMADÉ.

Tu es Vénitien?

RIDOLFO.

J'ignore quelle est ma patrie.

AMADÉ.

Tu es pauvre?

RIDOLFO.

La gloire est la seule fortune que j'ambitionne, et je ne désespère pas de l'acquérir.

AMADÉ, après un moment de silence.

Tu as raison,—si Dieu te prête vie... Et tu aimes la fille de maître Zacchi?. (Ridolfo garde le silence.) Tu as tort de ne

---

* Amadé, Ridolfo.

pas te confier à moi. Zacchi souhaite que je prenne Ilona pour femme; je connais ton amour, et je prétends vous unir. Que penses-tu de ce projet?

RIDOLFO.

Est-il possible?

AMADÉ.

Oui, certes... Si tu consens à ne voir en moi qu'un homme tout disposé à faire ton bonheur.

RIDOLFO, méfiant.

Je ne vous suis de rien. Quel intérêt prenez-vous à un pauvre hère comme moi?

AMADÉ, il se lève avec une émotion feinte.

Tu ne m'es de rien, ingrat? Toi que je rencontrai, il y a trois ans, errant, seul, orphelin, et qui, grâce à moi, as bon gîte, famille honorable et le reste. (Avec intention.) Le reste, ça dépend de toi, de ton dévouement. Mais, malheureux enfant, du pauvre vagabond sans avenir, n'est-ce pas moi, en somme, qui ai fait l'artiste de talent que beaucoup envient déjà?

RIDOLFO.

Je le reconnais. Et en échange du service que vous m'avez rendu?

AMADÉ, se rapprochant et changeant de ton.

L'occasion se présente pour toi de m'être utile à ton tour.

RIDOLFO.

Comment, moi?

AMADÉ.

Toi-même.

RIDOLFO.

Que puis-je faire?

AMADÉ, avec bonhomie.

Rien que de très simple. Je vois que tes compatriotes
ont de l'affection pour toi. On m'a même assuré que tu
possèdes une certaine influence sur leur esprit.

RIDOLFO.

On ne vous a pas trompé.

AMADÉ.

Et j'ai pensé que tu ferais facilement passer dans leur
âme les bons sentiments qui doivent animer la tienne à
mon égard. Oui, leur parler de moi comme d'un chef,
d'un chef sûr, d'un général capable, d'un libérateur...
d'un libérateur généreux. Il est assez naturel que les Vénitiens portent un médiocre intérêt au fils d'Hunyade,
le héros immortel! Un homme habile peut réveiller chez
eux l'enthousiasme du passé.

RIDOLFO.

Et cet homme habile, c'est moi, selon vous? Mais c'est
une trahison que vous me demandez là!

AMADÉ, riant.

Une trahison? As-tu, par hasard, juré fidélité à Corvin?

RIDOLFO.

Non, mais vous, vous lui avez juré fidélité. Or, qui sert
le traître, est un traître.

AMADÉ.

Prends garde! C'est précisément cette Ilona dont tu es
follement épris que tu perds en parlant de la sorte!

RIDOLFO.

Croyez-vous donc qu'elle consentirait à devenir la femme
d'un lâche?

2

AMADÉ, lui mettant la main sur l'épaule.

Et si je m'engageais à te la donner pour femme?

RIDOLFO, s'écartant.

Je ne veux pas tenir ma fiancée d'une main souillée comme celle...

AMADÉ.

Halte-là! N'achève pas. C'était une épreuve, et je suis content de t'en voir sortir intact, avec cette superbe honnêteté!... (A part.) C'est un imbécile, mais un imbécile dangereux dont il faut se défaire au plus tôt.

Il sort précipitamment.

RIDOLFO, seul.

Une épreuve? Non, non! Il était sincère et, en repoussant son offre, c'est ma perte que j'ai consommée. Mais j'aime mieux perdre la vie que de perdre l'estime d'Ilona et de son père.

SCÈNE VIII

RIDOLFO, ILONA.

RIDOLFO.

Ilona!

DUO *.

RIDOLFO.

Enfin, je vous retrouve, et vous allez m'apprendre
Ce que de notre sort le maître a décidé.

ILONA.

Ridolfo, du courage! Il en faut pour entendre
Ce que je dois vous dire.

* Ilona, Ridolfo.

RIDOLFO.

Ah! je tremble! Amadé?

ILONA.

Lui-même, si j'en crois les propos de mon père,
Oublieux de son rang, descendrait jusqu'à moi.

RIDOLFO.

Craignez-le : son amour cache un sombre mystère,
Que dis-je? Il n'aime pas. Sans respect et sans foi,
Il ne sait que tromper.

ILONA.

Quel parti dois-je prendre?

RIDOLFO.

Ecoutez, Ilona, votre ami le plus tendre.

COUPLETS

Quand le sort vous mit sur ma route,
Je me sentais abandonné.
Dans mon cœur brisé par le doute,
Je disais : pourquoi suis-je né?
Mais votre regard vint à luire,
Et l'artiste en moi s'éveilla :
Par pitié, n'allez pas détruire
Ce que le ciel fit ce jour-là.

ILONA.

Je le vois, votre âme est sincère ;
Elle vibre dans votre voix.
J'honore en vous, pourquoi le taire,
Un grand artiste auquel je crois.
Vraiment, ce talent que j'admire,
C'est pour moi qu'il se révéla?...
Non, non, je ne veux pas détruire
Ce que le ciel fit ce jour-là.

ENSEMBLE.

RIDOLFO.

Aucune puissance
Ne saurait nous séparer,
Ferme en ma constance,
Mon cœur ne peut pas changer.
Le maître s'abuse
S'il pense nous désunir,
Devenez ma muse,
Car sans vous pas d'avenir.

ILONA.

Aucune puissance
Ne saurait nous séparer.
Ferme en ma constance,
Mon cœur ne peut pas changer.
Mon père s'abuse
S'il pense nous désunir.
Je serai sa muse,
Il sera mon avenir.

STRETTA.

ENSEMBLE.

O sereine pensée,
L'art, ce maître enchanteur,
Sur notre destinée
Répandra le bonheur.

RIDOLFO.

Soyez bénie, Ilona, pour votre courage et pour votre tendresse. Ils ne nous seront que trop nécessaires. Ah! l'affreux malheur!... N'avoir point de famille !

ILONA, tendrement.

Vous n'avez plus de famille? Vous n'en serez que mieux à moi.

RIDOLFO.

Chères illusions !

ILONA.

Y a-t-il longtemps que vous avez perdu votre mère ?

RIDOLFO.

Fort longtemps. Ma mère s'était exilée pour échapper
aux ennemis de mon père ; notre titre était un péril pour
son enfant, et, en mourant, elle défendit qu'on me le ré-
vélât jamais. Pour tout héritage, elle m'a laissé un
étrange talisman.

ILONA.

Un talisman ?

RIDOLO.

Une ballade dont ma fortune doit, paraît-il, dépendre
un jour. En m'apprenant cette ballade, ma mère me ré-
pétait souvent : « Si jamais tu es en danger, demande
qu'on te conduise au roi, et chante-lui ce refrain qui te
protègera ! »

ILONA.

Vous êtes superstitieux ?

RIDOLFO.

Je le suis devenu, car la vertu de ce talisman s'est déjà
manifestée.

ILONA.

Quand ?

RIDOLFO.

C'est en l'entendant chanter que le magnat Amadé,
qui voyageait dans nos montagnes, s'aperçut que j'avais
de la voix. C'est donc grâce à cette ballade que je vous
ai connue. Puisse-t-elle bientôt me sauver d'un danger...

Le magnat a paru au fond avec les gens de sa suite. Il leur
montre Ridolfo.

2.

ILONA, avec sollicitude.

Vous courez un danger ?

RIDOLFO.

Le plus grand que je puisse courir!

ILONA.

Vous m'effrayez!

Les soldats entourent Ridolfo.

AMADÉ.

Emparez-vous de cet homme!

ILONA.

Ah! grand Dieu! qu'a-t-il fait? Grâce!

AMADÉ.

Je ne puis rien.

Zacchi et l'Inconnu paraissent.

SCÈNE IX

Les Mêmes, AMADÉ, L'INCONNU, ZACCHI, LISBETH,
Les Élèves *.

ILONA.

Ah! mon père! venez, venez vite, on arrête Ridolfo!

ZACCHI, gesticulant.

Comment, on arrête Ridolfo; seigneur magnat! délivrez
mon élève! mon fils!

ILONA, à Amadé.

Grâce!

* Lisbeth, Ilona, Amadé, l'Inconnu, Zacchi, Ridolfo, les Élèves au
fond.

AMADÉ.

Je ne puis rien pour le criminel d'Etat qui est devant nous.

ZACCHI, à l'Inconnu.

Rien? Alors, c'est à vous d'agir! si vous êtes vraiment l'ami de Mathias Corvin.

L'INCONNU, mettant un doigt sur sa bouche.

Patience, maître Zacchi : tout vient en son temps.

ZACCHI, à mi-voix.

Oh! mais, il m'ennuie avec sa dignité.

AMADÉ, à Ridolfo.

Approchez, et répondez à mes questions.

RIDOLFO.

Vous osez!

L'INCONNU.

Si vous êtes innocent, défendez-vous.

AMADÉ, regardant l'Inconnu avec méfiance.

Non, je vois qu'il faut sévir. Qu'on l'emmène.

L'INCONNU, souriant.

Un instant. Cette justice est peut-être expéditive.

AMADÉ, se tournant vers l'Inconnu qu'il examine avec inquiétude.

Qui est celui-là?

L'INCONNU.

Un ami du roi.

AMADÉ.

Un ami du roi.

L'INCONNU

Mon Dieu, oui : c'est moi qui gardais le petit Mathias Corvin quand les ennemis de son père l'enfermèrent dans un château-fort. Ah! on l'y tenait sous bonne garde; et s'il put échapper à ses geôliers, c'est au comte Jean qu'en revient la gloire. Vous n'avez pas connu ce vaillant, ce fidèle serviteur, seigneur magnat? Je parle de longtemps. Mon vieil ami Jean est mort, et son fils, dépositaire d'un talisman qui lui aurait rendu son rang et sa fortune, a disparu dans les tourmentes de la guerre civile. Pour vous sauver, mon jeune ami, il vous faudrait un talisman semblable. Cherchez, n'en possédez-vous pas un?

RIDOLFO.

Hélas! je n'ai qu'à consulter mon cœur, pour qu'une formule magique me monte aux lèvres. Mais cette formule n'aurait de pouvoir que sur le roi en personne. Je suis donc perdu, bien perdu!

L'INCONNU, à Ridolfo.

Reprends courage, au contraire. Le roi t'écoute.

TOUS.

Le roi!

ZACCHI.

Et moi qui...

SEXTUOR *.

« C'était le roi! »

ENSEMBLE.

LE ROI.

Que ma clémence
Et l'espérance
Rassurent leur cœur inquiet.
Pour me complaire,
Plus de mystère,
Fais-moi connaître ton secret.

---

* Amadé, Lisbeth, Ilona, le roi, Ridolfo, Zacchi.

RIDOLFO.

Plein d'espérance,
C'est mon enfance
Dont le souvenir m'apparaît,
Je dois, ma mère,
Pour te complaire,
Enfin dévoiler ton secret!

AMADÉ.

De sa clémence,
Ici, je pense,
Chacun ressentira l'effet.
Pour moi, j'espère
Que sa colère
Faiblira devant ce secret.

ZACCHI.

C'est au silence,
Que l'innocence
Dit-on, souvent se reconnaît!
Je vais me taire :
Que la lumière
Sans moi débrouille ce secret!

ILONA.

Que sa puissance
A la clémence
S'abandonne ici sans regret.
Oui, tout s'éclaire,
Que de sa mère,
Ridolfo dise le secret!

LISBETH.

De sa puissance
Chacun, je pense,
Doit ici redouter l'effet.
Mais, pour lui plaire,
Que de sa mère,
Ridolfo dise le secret!

LE ROI, il écarte en souriant Zacchi qui se confond en excuses *.

Votre tour viendra tout à l'heure. Pour l'instant, c'est Ridolfo qui m'intéresse. Eh bien, mon jeune ami, ce talisman qui doit avoir tant d'influence, quel est-il ? Prononce cette formule magique. Te voilà devant le roi.

RIDOLFO, s'inclinant.

Sire !

Lisbeth apporte un siège et le roi s'assied ; Zacchi cherche à lire sur le visage de Mathias Corvin l'impression que doit laisser le récit de Ridolfo **.

LA BALLADE DU PRISONNIER.

1

La suzeraine est en larmes,
Autour d'elle, sous les armes,
Et le cœur rempli d'alarmes,
Les vassaux sont réunis.
« Lequel d'entre vous, dit-elle,
» Courageux, adroit, fidèle,
» Aura la force et le zèle
» D'arriver jusqu'à mon fils ?
» Ce message où je mets ma dernière espérance,
» Où le pauvre captif lira sa délivrance,
» Qui donc pour le porter bravera le danger ?
» Consolateur des détresses,
» Venez sauver l'objet de mes tendresses
» A vous toutes mes richesses,
» Mon trésor au messager ! »
Pas une voix qui réponde
Dans la nuit triste et profonde
Et pas un bras qui se lève pour le sauver.

---

* Amadé, Lisbeth, Ilona, le roi, Zacchi, Ridolfo.
** Amadé, Ilona, Lisbeth, au fond. Le roi, assis ; Zacchi, au fond. Ridolfo.

LE ROI, se levant.

(Parlé) Achève, mon enfant, achève ton récit *.

RIDOLFO.

II

Paroles vaines ! Sa plainte
Expire devant la crainte
Qui règne dans cette enceinte.
On pleure, on tremble, on se tait...
Déployant son aile noire,
Tout à coup, un oiseau d'un plumage de moire
Vint arracher le billet.
Et cet oiseau béni marquait ainsi sa place
Au blason de nos rois dont il sauva la race !
Dès le soir au palais il revenait frapper :
Et la reine impatiente,
Oublieuse de l'attente,
Le prend dans sa main tremblante
Comme pour l'interroger :
Reine, voici la réponse :
« Ton fils est libre. » Il l'annonce,
Il est libre et vainqueur, grâce au noir messager !

LE ROI, à Ridolfo.

Qui t'apprit cette ballade ?

RIDOLFO.

Ma mère.

LE ROI.

Vit-elle encore ?

RIDOLFO.

Sire, je suis orphelin et j'ignore mon vrai nom.

Lisbeth traverse la scène, et vient se placer aux côtés de Zacchi.

* Amadé, Lisbeth, Ilona, le roi, Ridolfo, Zacchi, en scène.

LE ROI [*]

Ton nom ? Je vais te l'apprendre. Tu es Emmerick, le digne fils de Jean, de l'ami dévoué qui m'a sauvé par l'ingénieux artifice que raconte ta ballade. Ta famille, je te la rends. Je serai ton père. Que puis-je faire pour toi ? Parle hardiment.

RIDOLFO.

Sire, je n'ai qu'une ambition, être uni à celle que j'adore.

LE ROI, à Zacchi.

Eh bien, Zacchi, de ma main l'acceptez-vous pour gendre ?

ZACCHI.

Sire, c'est trop d'honneur.

LISBETH, mystérieusement.

Monsieur, monsieur.

ZACCHI.

Quoi encore ?

LISBETH, de même.

Et votre Amadé, qu'est-ce que vous en faites ?

ZACCHI, inquiet.

La peste de la bavarde !

LISBETH.

C'est bon, monsieur, je ne dis plus rien.

LE ROI, à Ilona, lui tendant la main [**].

Et vous, ma belle enfant, m'obéirez-vous ?

[*] Amadé, Ilona, le roi, Ridolfo, Zacchi, Lisbeth.
[**] Amadé, le Roi, Ilona, Ridolfo, Zacchi, Lisbeth.

ILONA.

Je suis votre humble servante.

LE ROI.

Bien dit. (A Amadé.) Vous, seigneur magnat, puisque vous fuyez notre cour, restez-en éloigné quelque temps. Vous ferez dans la retraite des réflexions salutaires sur tout ceci.

AMADÉ.

Ah ! j'apprendrai à me rendre digne de la clémence de mon roi.

CHŒUR FINAL.

Gloire à Corvin, cœur fidèle,
Souverain reconnaissant,
Il récompense le zèle
Et protège l'innocent.

Par cet hymen qui s'apprête,
Notre roi veut s'acquitter :
Corvin a payé sa dette
Au sauveur du prisonnier.

FIN

IMPRIMERIE GÉNÉRALE DE CHATILLON-SUR-SEINE, A. PICHAT.

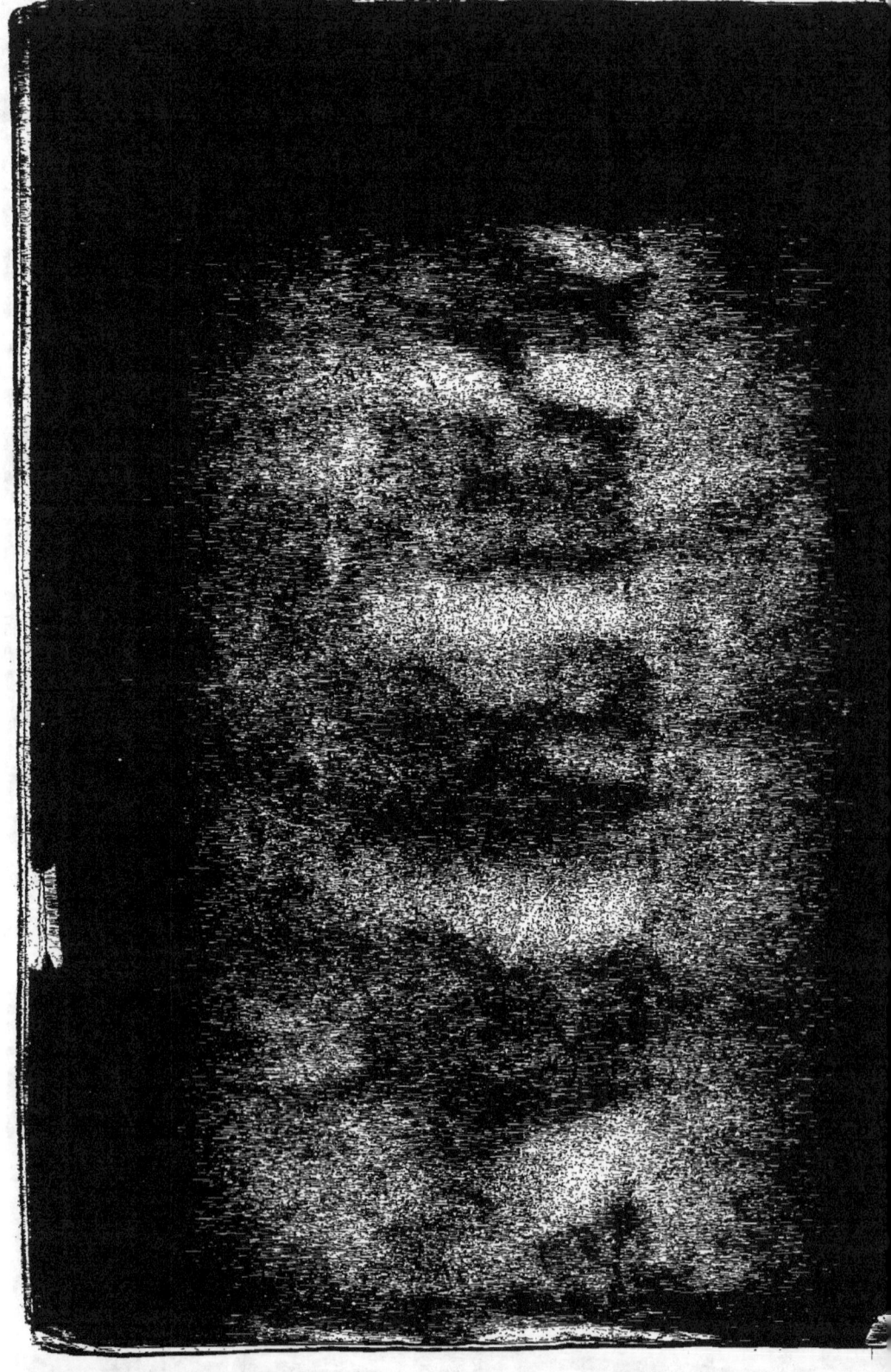